EL DESTINO EN
UNA TAZA DE CAFÉ

ExLibric

ANA PALACIOS HIDALGO

EL DESTINO EN UNA TAZA DE CAFÉ

EXLIBRIC

ANTEQUERA 2024

EL DESTINO EN UNA TAZA DE CAFÉ
© Ana Palacios Hidalgo
Diseño de portada: Dpto. de Diseño Gráfico Exlibric

Iª edición

© ExLibric, 2024.

Editado por: ExLibric
c/ Cueva de Viera, 2, Local 3
Centro Negocios CADI
29200 Antequera (Málaga)
Teléfono: 952 70 60 04
Fax: 952 84 55 03
Correo electrónico: exlibric@exlibric.com
Internet: www.exlibric.com

ISBN: 979-13-87528-47-8
Depósito Legal: MA 2962-2024

Impresión: PODiPrint
Impreso en Andalucía – España

Nota de la editorial: ExLibric pertenece a Innovación y Cualificación S. L.

ANA PALACIOS HIDALGO

EL DESTINO EN
UNA TAZA DE CAFÉ

Presentación

Desde el momento en que asumí la responsabilidad de cuidar a mi sobrina, mi vida dio un giro profundo. Cada año que pasaba, la veía crecer y transformarse en una hermosa mujer, y, con cada paso en su camino, también yo aprendía a ser más fuerte. Las temporadas de colegio se convertían en rituales entrañables, llenos de compras de nuevas mochilas, libros y ropa, momentos que atesoraba con cada sonrisa suya.

A lo largo de los años, su sonrisa se hizo aún más especial. Su dentadura necesitaba atención, decidí invertir en su confianza y bienestar, buscando presupuesto para ponerle *brackets*. Durante tres años, lo hicimos juntas, celebrando cada avance y disfrutando del resultado final: una sonrisa deslumbrante.

Recuerdo una vez, en pleno invierno, cuando nos enfrentamos a un ataque de piojos. Fue un caos total. Compré todos los tratamientos posibles y me pasé horas revisando su cabello, hasta que un día, en una consulta dental, la doctora nos sorprendió al señalar un piojo mientras mi sobrina estaba en la silla del dentista. En ese instante, sentí que quería que la tierra me tragara, pero en lugar de eso, nos reímos, convirtiendo un momento vergonzoso en un recuerdo entrañable.

A pesar de los desafíos en mi vida personal y las tensiones en mi relación de pareja, el amor que sentía por mi sobrina siempre fue la prioridad. En ocasiones, cedí a las peticiones de mi compañero de vida, dejando a la niña con mi hermana, que también enfrentaba sus propias luchas. Pero cada vez que lo hacía, me sentía en conflicto, porque sabía que mi verdadera misión era estar allí para ella.

Hoy, al mirarla, veo en ella la luz de mis ojos, un reflejo de todo el amor y esfuerzo que he invertido en su vida. Agradezco cada momento compartido, cada risa, cada desafío superado. Ella ha sido mi mayor aprendizaje y el mejor regalo que me ha dado la vida. Y, aunque el tiempo siga su curso, sé que siempre estaremos unidas, porque el lazo que construimos es irrompible. Mi princesa, hoy y siempre, será la luz que ilumina mi corazón.

1

El destino en una taza de café

A veces, el destino se disfraza de encuentros casuales, de momentos inesperados que cambian el curso de nuestras vidas. Así comenzó nuestra historia. Un día como cualquier otro, en mi trabajo, apareció un antiguo jefe con un colega suyo. Nada fuera de lo común, o al menos eso pensaba. Lo que no sabía es que, junto a él, venía el que sin darme cuenta se convertiría en el amor de mi vida.

Por motivos laborales, nuestros caminos comenzaron a cruzarse con frecuencia. Cada reunión se sentía un poco más especial que la anterior y, pronto, notamos que siempre encontrábamos un pretexto para alargar el tiempo juntos, aunque fuera solo para tomar un café. Era como si ambos estuviéramos buscando excusas, pequeños momentos que nos permitieran conocernos mejor.

El café se volvió una costumbre. En cada taza compartida había una risa, una mirada, una palabra que nos acercaba un poco más. Sin darnos cuenta, esos encuentros laborales se transformaron en algo más. El tiempo que pasábamos juntos dejó de sentirse como una coincidencia para convertirse en necesidad.

Hasta que un día, sin más preámbulos, decidimos que era momento de dar un paso más. Quedamos para cenar. Esa noche fue distinta a todas las anteriores, cargada de una emoción nueva, de expectativas que flotaban en el aire. Ya no había papeles ni temas de trabajo de por medio, solo nosotros, dispuestos a descubrir qué podía surgir de aquello que comenzaba a ser más que una simple amistad.

Esa cena fue el inicio de algo maravilloso, el primer paso de un camino que, aunque comenzó con casualidades, nos llevó a encontrar el amor de nuestras vidas.

Bajo el paraguas del destino

La noche en la que decidimos cenar juntos por primera vez parecía querer ser recordada para siempre. Quedamos en un punto de encuentro, el cual ambos conocíamos bien, pero la ciudad nos tenía preparada una sorpresa: una lluvia torrencial caía sin descanso, como si el cielo estuviera celebrando lo que estaba por ocurrir. Yo llevaba un paraguas y, en cuanto te vi, no lo dudé, nos juntamos bajo su pequeño refugio, pegados el uno al otro, mientras intentábamos protegernos de las gotas que parecían estar decididas a empaparnos.

Salimos a toda prisa, riendo bajo la lluvia, buscando el primer restaurante cercano que nos permitiera refugiarnos. A pesar de la carrera y el frío, había algo cálido en ese momento. No era solo el paraguas, ni la lluvia, era la cercanía, la risa compartida, las miradas que decían mucho más que las palabras. Era el principio de algo que ambos, en silencio, empezábamos a comprender.

Finalmente llegamos a un restaurante pequeño y acogedor y, al sentarnos, todo el ruido del mundo pareció desvanecerse. Sin embargo, a pesar de tener la carta frente a nosotros y el ambiente perfecto para una cena tranquila, apenas pudimos comer. No era el menú, ni el lugar, éramos nosotros, atrapados en algo más grande, algo que se estaba gestando en el aire entre ambos.

Cada palabra era un intento de calmar esa tensión dulce que nos rodeaba. Nos mirábamos y sabíamos que lo que estaba ocurriendo era único. La comida quedó en segundo plano; entre miradas, sonrisas tímidas y una complicidad que parecía crecer por minutos, era evidente que algo especial estaba ocurriendo.

Fue una de esas noches en las que todo lo externo parecía insignificante. El clima, la comida, incluso el tiempo… Nada importaba más que estar juntos. Sin saberlo, ambos habíamos sido «pillados» por algo que no se explica, pero se siente. El amor nos había alcanzado y lo supimos incluso antes de decirlo.

El corazón siempre lo sabe

Después de aquella cena bajo la lluvia, algo especial comenzó a crecer entre nosotros. No hicimos grandes declaraciones ni hablamos de lo que estaba pasando, pero en silencio, ambos lo sentíamos. Era algo profundo, casi inexplicable, que nos mantenía conectados. Sin embargo, cada uno seguía con su vida. Yo me dedicaba de lleno a mi trabajo, rodeada de gente y proyectos que ocupaban gran parte de mis días.

Entre mis colegas, había un chico alemán con el que compartía intereses profesionales. De vez en cuando, nos reuníamos para tratar asuntos de trabajo, discutir ideas y colaborar en temas que nos unían profesionalmente. Al principio, todo parecía perfectamente normal, como cualquier relación laboral. Él era siempre muy atento, pero pensé que era simplemente cordialidad, hasta que empecé a notar que su atención hacia mí iba más allá de lo profesional. Había algo en su manera de tratarme que comenzó a hacerme sentir incómoda, como si sus gestos fueran demasiado personales e intencionados.

Un día, me invitó a cenar, argumentando que sería una reunión importante para hablar de proyectos en común. Acepté, pensando que sería otra conversación laboral, pero pronto me di cuenta de que la cena tenía un propósito muy distinto. Para mi sorpresa, no solo no era una reunión de trabajo, sino que también había traído a su hija con la excusa de «conocerme». En ese momento, todo cobró sentido: él no quería hablar de trabajo, quería confesarme algo más profundo.

En el transcurso de la velada, me confesó sus sentimientos. Pretendía declarar su amor por mí, de una manera directa, esperando algo que yo no podía darle. Fue un momento incómodo y confuso, pero al mismo tiempo, de una gran claridad para mí. Me quedé en silencio por unos instantes, pero mi corazón ya sabía la respuesta, aunque mi mente aún no lo había procesado del todo. Sin siquiera haber comenzado una relación formal con la persona que verdaderamente amaba, ya sabía dónde estaba mi destino.

Con una mezcla de firmeza y ternura, le respondí: «Lo siento mucho, pero ya estoy en una relación». Aunque no había compartido aún una vida plena con el que se convertiría en el amor de mi vida, mi corazón ya lo había elegido. «Estoy con un chico francés, es mi novio», dije, aunque en realidad todavía no habíamos oficializado nada. En ese momento, lo supe con total certeza. No había marcha atrás, porque aunque aún no lo habíamos dicho en voz alta, mi alma ya estaba atada a la suya.

Salí de aquella cena con una certeza que nunca antes había sentido: mi corazón ya había decidido, mucho antes de que mi mente lo reconociera. Estaba destinada a estar con él, con el chico francés que, sin saberlo, ya era mi todo.

El lenguaje del amor

Al día siguiente, después de aquella inesperada cena con el chico alemán, no pude esperar más para contarte lo ocurrido. Nos vimos y, aunque los detalles de ese encuentro se me escapan un poco, lo que nunca olvidaré fue la conexión que sentimos al hablar de lo que había pasado. Te conté todo: la cena, la confesión inesperada y mi respuesta. Recuerdo que mientras te hablaba, en lo más profundo de mí, temía cómo podrías reaccionar, pero cuando te miré a los ojos, entendí que no había nada que temer.

Aunque llevabas muy poco tiempo viviendo en España y apenas hablabas español, nuestras conversaciones siempre habían sido limitadas, pero increíblemente efectivas. No necesitábamos palabras complicadas ni largos discursos. Nos entendíamos de una manera casi mágica, como si cada gesto y mirada fueran suficientes para comunicarnos lo esencial. Y esa vez no fue la excepción. Al escucharme, sonreíste con una mezcla de comprensión y alivio, porque sabías, al igual que yo, que lo que teníamos era especial. A pesar de las barreras del idioma y del poco tiempo que llevábamos conociéndonos, ambos sabíamos que estábamos destinados a estar juntos.

Fue entonces cuando, con el corazón en la mano, decidí dar el siguiente paso. Llevábamos tiempo compartiendo momentos, sentimientos y sueños, y sentía que era el momento de hacer algo más. Busqué una vivienda, un lugar donde pudiéramos comenzar nuestra vida juntos, un refugio que sería solo nuestro. Todo lo que quería era construir un hogar contigo, un lugar donde nuestras diferencias de idioma y cultura no fueran más que una parte pequeña de la historia que íbamos a escribir juntos.

Decidí contártelo en una cena, una ocasión especial que marcaría un nuevo capítulo en nuestra vida. Recuerdo cómo mis manos temblaban un poco al hablar, no porque dudara de mi decisión, sino porque sabía que lo que estaba a punto de proponerte cambiaría nuestras vidas para siempre. Te miré y, con palabras sencillas pero llenas de emoción, te dije que había encontrado una casa para los dos. Tu rostro se iluminó y, aunque las palabras no siempre fluían fácilmente entre nosotros, no hizo falta decir mucho más. Lo supimos al instante: ese sería nuestro lugar, el comienzo de nuestra vida en común.

Después de esa cena, con una mezcla de nervios y emoción, fuimos por primera vez a lo que sería nuestro hogar. Recuerdo ese momento con una claridad asombrosa, como si el tiempo se hubiese detenido. Al cruzar la puerta, supe que estaba dando un paso gigantesco, pero al mismo tiempo, sentía una paz increíble. Estábamos empezando algo que no sabíamos dónde nos llevaría, pero que estaba lleno de esperanza y amor.

Ese hogar, sencillo y nuevo para los dos, se convirtió en el escenario de nuestra historia. Allí, entre risas, silencios compartidos y conversaciones limitadas por el idioma, fuimos construyendo una vida juntos. Porque, al final, el amor tiene su propio lenguaje, y el nuestro había encontrado la manera de florecer, incluso cuando las palabras faltaban.

2

El lenguaje de las rosas

A medida que pasaban los días, nuestra vida juntos iba tomando forma. Conseguimos tanto en tan poco tiempo, y la sensación de estar a tu lado me llenaba de paz. El simple hecho de compartir nuestros días, aunque fueran momentos sencillos, nos hacía bien. Nos complementábamos de una manera que, aunque inesperada, resultaba natural. Cada día te veía aprender un poco más del idioma, esforzándote por entender y comunicarte mejor. Y aunque nuestras conversaciones eran limitadas al principio, siempre había una conexión profunda entre nosotros, un entendimiento que no necesitaba demasiadas palabras.

Recuerdo un día en particular, cuando aún no éramos oficialmente pareja, pero ya había algo especial en el aire, algo que ambos sabíamos pero aún no habíamos puesto en palabras. Estaba en la oficina, trabajando como cualquier otro día, cuando de repente recibí un ramo de rosas blancas. Era un ramo precioso, elegante, y me sorprendió muchísimo. No sabía de quién era, no tenía ni idea de quién podría haberme enviado algo tan bello y delicado.

Al abrir la tarjeta que venía con las rosas, vi una nota escrita con palabras tiernas, aunque algo torpes. Las frases no estaban del todo bien construidas, pero eso lo hacía aún más especial. Sabía que te habías esforzado por escribir en un idioma que todavía no dominabas, y eso hizo que el gesto me tocara el corazón aún más profundamente. Apenas podía leer la nota, ya que el idioma y la gramática eran un pequeño desafío, pero, aun así, el mensaje llegó a mí con claridad.

Decía algo así como: «Eres especial para mí, y estas flores son para que lo sepas». Aunque las palabras no eran perfectas, el sentimiento detrás de ellas lo era. Me encantó la manera en que te habías atrevido a expresar tus sentimientos, a pesar de la barrera del idioma. A través de esas rosas blancas y esa nota sencilla pero sincera, entendí que lo que estábamos construyendo era real, que más allá de las palabras, había una conexión profunda entre nosotros.

A partir de ese día, supe que estábamos destinados a ser más que compañeros de vida; estábamos destinados a ser una pareja. Las rosas blancas, símbolo de pureza y amor sincero, marcaron el inicio de algo hermoso entre nosotros. Y aunque nuestras palabras aún eran limitadas, el amor que sentíamos no lo era. Cada día que pasaba, te veía aprender más, esforzándote en comunicarte mejor, y esa dedicación me hacía amarte aún más.

El amor en la encrucijada

Después de un tiempo disfrutando de nuestra vida juntos, habíamos encontrado un equilibrio entre nuestras culturas, nuestros ritmos de vida y el amor que seguía creciendo cada día. Parecía que todo marchaba perfectamente, y cada momento compartido nos confirmaba que habíamos tomado la decisión correcta al unir nuestras vidas. Sin embargo, la vida, con su forma impredecible de traer desafíos, nos puso frente a una situación que cambiaría nuestro rumbo.

Una noticia inesperada llegó a nuestras vidas. Mi sobrina, una niña de apenas cinco años, estaba atravesando una situación que ningún niño debería enfrentar. Su papá y su mamá estaban atrapados en el oscuro mundo de la droga, y su hogar se había convertido en un lugar de caos e inestabilidad. Las escenas que imaginaba me desgarraban el corazón: una niña tan pequeña, inocente, viviendo en un entorno donde no había futuro.

El dolor que sentía al pensar en su situación era inmenso. No podía permitir que esa fuera la vida que ella viviera, no cuando sabía que merecía un hogar lleno de amor, cuidados y una oportunidad para crecer como cualquier otro niño. Sabía que había llegado el momento de tomar una decisión difícil, pero necesaria. No era solo por mí o por mi pareja; era por ella, quien necesitaba urgentemente una vida digna.

Le conté a mi pareja lo que estaba ocurriendo. Sabía que esto lo cambiaría todo, que la tranquilidad y la vida que habíamos estado construyendo juntos podrían verse alteradas de forma drástica. Le expliqué la situación con el corazón en la mano, sabiendo que sería un reto para nosotros, que había muchas cosas en juego. Sin embargo, en lo más profundo de mí, confiaba en su bondad y en el amor que compartíamos. Aunque él no había sido parte de mi familia desde el principio, con el tiempo había demostrado ser una persona con un corazón inmenso.

El momento de tomar la decisión fue uno de los más difíciles de mi vida. Sabía que asumir la responsabilidad de cuidar de mi sobrina no sería fácil, que requeriría sacrificios, adaptaciones y mucho esfuerzo, pero también sabía que no podía darle la espalda. No había futuro para ella si no hacíamos algo. Mi pareja, aunque inicialmente sorprendido por la magnitud de la situación, no dudó en apoyarme. Lo vio con claridad: era lo correcto. A pesar de las complicaciones, su apoyo incondicional me demostró, una vez más, que estaba a mi lado en todo.

Y aunque la emoción nos llenaba el corazón, no dejábamos de sentir esa mezcla de incertidumbre y nerviosismo. Era como si estuviéramos de pie al borde de un precipicio, listos para dar un salto hacia lo desconocido. Pero había algo claro: estábamos dispuestos a todo.

Esa noche, mientras cenábamos, comenzamos a planear cómo sería su llegada. ¿Qué habitación le daríamos? ¿Qué necesitaría? ¿Cómo podríamos ayudarla a sentirse segura y querida?

La emoción crecía, pero también nos enfrentaríamos a preguntas para las que no tendríamos respuestas. Ni los desafíos que vendrían cada día. Este sería su hogar, y haríamos todo lo posible para que nunca más sintiera que le faltaba un lugar donde pertenecer.

Cuando llegó el día y vino a vivir con nosotros, fue inolvidable. Apenas cruzó la puerta, su mirada lo decía todo: mezclaba timidez con una pizca de curiosidad. Le mostramos su habitación, decorada con esmero en los días previos. Habíamos cogidos colores cálidos y colocado un osito de peluche sobre la cama, un gesto simple pero cargado de intención. Queríamos que supiera que este era su espacio, que estaba hecho para ella.

Al principio las palabras eran escasas. Cada pregunta que le hacíamos recibía respuestas cortas, y cada intento de acercarnos parecía chocar con una barrera invisible. Sin embargo, no nos desanimamos. Sabíamos que el amor no siempre llega con fanfarrias, sino con paciencia, con pequeños actos cotidianos que construyen confianza.

Los días se convirtieron en semanas y, poco a poco, los cambios empezaron a asomarse. Una noche, mientras cenábamos, nos sorprendió con una sonrisa espontánea al escuchar una broma. No era una gran carcajada, pero para nosotros fue suficiente: era una grieta en el muro que rodeaba su corazón.

Por las noches, al acostarme, pensaba en lo lejos que habíamos llegado, pero también en lo mucho que quedaba por recorrer. Había días buenos, llenos de pequeños avances, y días difíciles, en los que el pasado parecía perseguirla. Pero una cosa era segura: no estábamos dispuestos a rendirnos.

En ella vimos algo que quizá no había tenido oportunidad de ver en sí misma: una fortaleza inmensa. Sabíamos que sería un camino largo, lleno de aprendizajes para todos. Pero también estábamos convencidos de que cada paso, por pequeño que fuera, valía la pena.

Decidimos que se vendría a vivir con nosotros, que le daríamos lo que merecía. No sabíamos lo que nos esperaba, pero una cosa era segura: estábamos dispuestos a luchar por ella y a darle una vida mejor.

Decidimos que se vendría a vivir con nosotros, que le daríamos lo que merecía. No sabíamos lo que nos esperaba, pero una cosa era segura: estábamos dispuestos a luchar por ella y a darle una vida mejor.

3

El peso de la responsabilidad
y el dolor del alma

Con ella llegó una nueva luz a nuestro hogar. A pesar de la situación difícil que vivía, ella empezó a sonreír más, a sentir el calor de un hogar estable. Entre mi pareja y yo, hicimos todo lo posible para que su vida fuese lo más normal y feliz posible. Pero la felicidad que empezábamos a construir se vio golpeada cuando, poco tiempo después, recibí la peor de las noticias: mi hermano, su papá, había sido encarcelado.

Recuerdo perfectamente ese día. Al escuchar la noticia, sentí que el mundo se me vino encima. Todo el esfuerzo que había hecho para darle a la pequeña una vida digna parecía desmoronarse. Había hablado tantas veces con mi hermano, asegurándole que yo lo ayudaría, pero que él también tenía que ser parte de la vida de su hija. Le insistí en que, aunque estaba luchando con sus propios demonios, al menos los fines de semana intentara ser el papá que su hija necesitaba.

Pero ahora, todo eso se volvía imposible. El dolor que sentí cuando nos enteramos que estaría más de diez años en prisión fue indescriptible. Diez años, pensé. Diez años en los que mi sobrina crecería sin su padre, sin esa figura que ella tanto necesitaba. ¿Cómo le explicaría a una niña de cinco años que su papá no estaría ahí para verla crecer? Mi corazón se rompía de solo pensarlo.

Y luego estaba su mamá. Totalmente perdida en el mundo de las drogas, tan metida en su propia oscuridad que no lograba calcular ni entender lo que estaba ocurriendo a su alrededor. Era incapaz de estar presente, de ofrecerle a su hija el amor y la protección que tanto anhelaba. En muchas ocasiones, mi sobrina lloraba desconsolada, preguntándome con la voz temblorosa y los ojos llenos de lágrimas: «¿Es que mis papás no me quieren?». Mi corazón se encogía de pena cada vez que la escuchaba, cada lágrima suya era una puñalada en mi alma.

¿Qué podía decirle? ¿Cómo podía explicarle que sus padres la amaban, pero que no sabían cómo cuidar de ella? No había palabras suficientes para consolar ese dolor tan profundo, ese vacío que sentía en su pequeño corazón. Yo la abrazaba fuerte, como si con ese abrazo pudiera protegerla del dolor que la rodeaba, pero sabía que no podía reemplazar a sus padres, por mucho que lo intentara.

Las noches se hacían largas, viendo cómo la pequeña se dormía con lágrimas en los ojos, preguntándose por qué la vida la había alejado de las personas que más quería. Y aunque intentábamos darle todo el amor posible, no había forma de llenar completamente ese vacío. Sabía que esos momentos la marcarían para siempre, y todo lo que podía hacer era prometerle que nunca estaría sola, que yo estaría allí para ella, pase lo que pase.

Mi pareja también sufrió en silencio, acompañándome en este proceso tan difícil. Aunque era un desafío enorme para los dos, nunca dudó en estar a mi lado, cuidando de ella como si fuera su propia hija. Fue en esos momentos de tristeza profunda que me di cuenta de la fortaleza de nuestro amor. Juntos, enfrentábamos las sombras de la vida, y aunque no siempre teníamos las respuestas, teníamos el compromiso de darle a todo lo que sus padres no podían en ese momento.

Sacrificios y enseñanzas

La vida en casa cambió por completo. Mi pareja, siempre dispuesto a apoyarnos, decidió buscar otro trabajo para poder aportar más económicamente, sabiendo que las necesidades habían crecido considerablemente. Yo, por mi parte, tomé la decisión de reducir mi jornada laboral. Quería estar el máximo tiempo posible con la niña, darle la estabilidad emocional que tanto necesitaba, sobre todo ahora que su vida se había visto trastocada de maneras que ningún niño debería experimentar.

Así fue como nos organizamos, cada uno asumiendo su parte, haciendo sacrificios para que nuestra «bebé de la casa», como cariñosamente la llamábamos, pudiera tener una vida lo más normal posible. Cuando llegó el momento de que empezara el colegio, la tristeza de que sus padres no estuvieran presentes en esa etapa tan importante se hizo palpable. Pero nosotros, con todo el amor del mundo, nos propusimos llenar ese vacío. Estaba decidida a acompañarla en cada paso de su camino, aunque la realidad fuera dura.

Un día, mientras estábamos en casa, la pequeña me pidió ayuda con sus tareas escolares. Tenía que escribir una oración en valenciano. Recuerdo que me quedé un poco perpleja, ya que no era una experta en esa lengua, y mucho menos en ayudar a alguien a escribir en ella. Pero, claro, no iba a dejarla sola con esa tarea. Me ofrecí a ayudarla, ya que aún era muy pequeña y apenas estaba empezando a conocer el mundo de la escuela.

Al ponernos manos a la obra, mi sobrina, con su inocencia y su dulzura, en lugar de escribir una oración escolar, como le habían pedido, decidió escribir una oración religiosa. Era una pequeña plegaria que conocía, muy sencilla y tierna: «Jesusito de mi vida, tú eres niño como yo, por eso te quiero tanto y te doy mi corazón». Recuerdo que la escribió con tanta ilusión, poniendo todo su empeño en cada palabra, pensando que estaba haciendo lo correcto. Y aunque no era lo que la profesora había pedido, para mí fue un gesto hermoso. Ver cómo una niña tan pequeña, con todo lo que había vivido, encontraba consuelo en una oración, me llenó de ternura.

Sin embargo, las cosas no fueron tan bien con la profesora. Cuando entregamos el ejercicio, pensé que, aunque no era lo esperado, la profesora entendería la situación y quizá sonreiría ante la inocencia de mi sobrina. Pero lo que sucedió fue muy distinto. Desde ese momento, la profesora comenzó a mostrarnos una actitud extraña, como si aquel pequeño error inocente hubiera desencadenado un malentendido mayor.

La profesora, lejos de comprender la situación, comenzó a cogerle manía a la niña, y también a mí. No entendía cómo algo tan sencillo, tan tierno, había provocado una reacción tan negativa. Cada vez que iba al colegio, notaba la mirada fría de la profesora y, mi sobrina, por su parte, empezó a sentirse incómoda en clase. La manera en que la trataba cambió, como si cualquier cosa que hiciera estuviera mal, como si siempre estuviera buscando un motivo para criticarla.

Ese momento me hizo sentir impotente. Mi sobrina ya estaba atravesando una etapa difícil, y lo último que necesitaba era sentirse rechazada en la escuela, un lugar que debía ser seguro para ella. Intenté hablar con la profesora, explicarle la situación familiar, pero parecía que sus prejuicios ya estaban formados. A pesar de todo, en casa seguimos llenando su vida de amor y cariño. Sabíamos que era cuestión de tiempo y de paciencia, pero también estábamos determinados a luchar para que mi sobrina no sintiera ese rechazo. Porque, aunque el mundo le estaba siendo injusto en muchas maneras, nosotros estábamos allí para recordarle, todos los días, lo valiosa y querida que era.

Un nuevo comienzo

Con el paso de los días, la situación con la profesora se volvió insostenible. Cada día llegaba a casa con comentarios que me rompían el corazón. Me hablaba de cómo la profesora no la trataba bien, de cómo se sentía incómoda y de que no la dejaban ser feliz en la clase. Lo que debía ser un lugar seguro y de aprendizaje se había convertido en una fuente de estrés y tristeza para ella. Mi preocupación crecía más y más; sabía que no podía permitir que eso continuara.

Finalmente, después de muchas reflexiones y noches sin dormir, decidí dar el paso necesario: acudí a los trabajadores sociales. Sabía que la única manera de protegerla era teniendo la autoridad legal para hacer gestiones en su nombre, decisiones que en circunstancias normales solo sus padres podían tomar. Pero dada la situación con su papá en prisión y su mamá ausente por las drogas, yo no podía quedarme de brazos cruzados.

El proceso fue largo y agotador. Tuvimos que tramitar toda la documentación necesaria para obtener la custodia legal, y solo entonces pude empezar a tomar decisiones importantes para su bienestar, como cambiarla de colegio. Fue un camino lleno de obstáculos, y hubo momentos en los que sentí que la burocracia nos asfixiaba, pero cada paso que daba me acercaba más a mi objetivo: darle a mi sobrina la vida que merecía.

Finalmente, después de mucho esfuerzo, logramos obtener la documentación que me permitía tomar decisiones por ella. El día que todo estuvo en orden respiré profundamente sabiendo que ahora tenía la libertad de hacer lo necesario para garantizar su felicidad y bienestar. Una de las primeras cosas que hice fue buscar un nuevo colegio, un lugar donde mi sobrina pudiera sentirse a gusto, querida y libre de esa sombra que la había perseguido durante tanto tiempo.

El cambio de colegio fue un respiro para ambas. Al año siguiente, comenzó su nuevo curso en una nueva escuela. Desde el primer día, noté una diferencia. Su sonrisa volvió a iluminar su rostro. Me hablaba con entusiasmo de sus nuevos amigos, de los profesores que la trataban con cariño y respeto, de las actividades que hacía en clase. Parecía que, por fin, la niña había recuperado la alegría que tanto merecía.

Verla florecer en su nuevo entorno me llenó de una profunda satisfacción. Sabía que todo el esfuerzo había valido la pena, que las noches de preocupación y los momentos de incertidumbre se habían transformado en la tranquilidad de saber que había tomado la decisión correcta. Aunque no era una tarea fácil, me sentí más fuerte que nunca, sabiendo que estaba protegiéndola y dándole la oportunidad de tener un futuro mejor.

Mi pareja, siempre a mi lado, también sintió alivio al ver cómo nuestra niña volvía a ser feliz. Juntos, habíamos creado un hogar donde ella podía crecer, rodeada de amor y estabilidad. Aunque aún quedaba un largo camino por recorrer, sabíamos que habíamos dado un paso fundamental para asegurarle un mejor porvenir.

Este momento refleja la fuerza y el amor con el que enfrenté un desafío tan grande, haciendo lo necesario para darle a mi sobrina la vida que merecía.

4

Y de pronto me vi en la necesidad de tomar las riendas de su bienestar.

No estaba preparada, no lo planeé, pero la vida no siempre pregunta si estamos listos, solo nos entrega lo que debemos enfrentar.

Apenas sabía caminar entre ese mundo confuso de emociones, pero su sonrisa tímida era una luz en medio de la tormenta que estaba viviendo. Mientras la abrazaba, sentí que no solo cargaba su pequeño cuerpo, sino también sus miedos, sus sueños, y, sobre todo, la promesa de una vida mejor.

Los primeros meses fueron duros. No tenía experiencia en ser madre y, sinceramente, no tenía todas las respuestas. Las noches eran largas, llenas de preguntas: «¿Lo estaré haciendo bien? ¿Podré ser suficiente para ella?». Las dudas se mezclaban con la culpa, ya que, en medio de todo, yo también lidiaba con mis propios fantasmas familiares, esas heridas del pasado que aún dolían.

Hubo días en que me sentí al borde de desfallecer. Sin embargo, cada vez que la veía dormir tranquila, sentía que mi corazón encontraba un poco de paz, una chispa de esperanza.

Con el tiempo, descubrimos nuestro ritmo. Sus risas llenaban la casa y, poco a poco, fui aprendiendo a ser su refugio, a ser ese pilar en el que ella pudiera apoyarse sin miedo. Con ella aprendí a ser paciente, a ver el mundo con ojos nuevos y a valorar las pequeñas cosas: una caricia, un dibujo hecho con crayones, una historia antes de dormir.

Ella también me enseñó a sanar mis propias heridas. En esa responsabilidad tan inmensa de criarla, encontré la fuerza que no sabía que tenía. A pesar de los desafíos, del cansancio y de las dudas, entendí que la vulnerabilidad no es sinónimo de debilidad. Ser vulnerable me permitió abrir el corazón y dejar que el amor fluyera de formas que nunca imaginé.

Vivíamos todo el año en un apartamento, un lugar que se volvía el epicentro de nuestras vidas durante los meses cálidos. Cada verano, ella, mi preciosa niña, disfrutaba del mar que estaba a apenas 300 metros de nuestra vivienda. Podíamos oír el murmullo de las olas desde nuestra terraza y el olor a sal impregnaba el aire, como un recordatorio constante de la libertad que traía el verano.

Pronto, llegó a formar parte de un grupo de niños y niñas que, como ella, veraneaban cada año en aquel rincón de la costa. Las amistades florecían con la facilidad que solo se encuentra en la infancia. Pasaban horas en la playa, construyendo castillos de arena, desafiando las olas, riendo sin preocupaciones. Por la tarde, se reunían en la piscina del apartamento, donde los chapuzones y los juegos no cesaban hasta que el sol se escondía en el horizonte.

Las noches eran otro mundo de aventuras. El cine de verano se convertía en una tradición, donde todos nos acomodábamos bajo las estrellas con el sonido lejano de las cigarras como banda sonora. Luego, venían las cenas en el jardín, largas mesas repletas de risas, mientras los más pequeños jugaban a su alrededor, corriendo entre los árboles y soñando en voz alta.

Había algo mágico en aquellos veranos. Helados que sabían a felicidad pura; la diversión en la piscina que parecía no tener fin y las fiestas, especialmente la gran cabalgata, que ponían el broche final a cada temporada estival. Los disfraces, las luces y la música llenaban el aire con un ambiente de celebración que hacía que sus ojos brillaran aún más.

Así eran sus vacaciones de verano: un remolino de juegos, amigos, alegría y memorias imborrables. Y verla tan feliz, tan llena de vida, hacía que cada día fuera un tesoro para mí.

Pero no todos los momentos eran de risas y alegría. Las noches, a veces, traían consigo preguntas difíciles, preguntas que mi sobrina, con esos ojos grandes y llenos de lágrimas, no podía evitar hacerme. Recuerdo cómo, antes de dormir, se acurrucaba a mi lado y, con la voz temblorosa, me preguntaba: «¿Por qué mis papás no están conmigo? ¿Es porque no me quieren?». Su inocencia hacía que cada palabra me partiera el alma. Yo trataba de consolarla, de decirle que la querían, que había razones más allá de lo que ella podía comprender en ese momento, pero sé que esas respuestas nunca eran suficientes para calmar su dolor.

En esos instantes, el brillo del día se apagaba un poco, y lo único que podía hacer era abrazarla fuerte, esperando que, al menos por esa noche, mi amor y compañía fueran suficientes para calmar su tristeza.

Esa pregunta no fue solo una vez. Me la hacía muchas noches, con esos mismos ojos tristes, brillantes por las lágrimas. «¿Por qué mis papás no están conmigo? ¿Es porque no me quieren?».Y cada vez, me encontraba atrapada en el mismo dilema, buscando las palabras correctas, aunque sabía que ninguna respuesta sería suficiente.

Le decía que trabajaban lejos, que no podían estar con ella, esperando que esa explicación, aunque no fuera del todo lógica, pudiera calmarla. Pero en el fondo, yo misma no alcanzaba a entender por qué una niña tan pequeña tenía que cargar con ese vacío, con la ausencia de sus padres, cuando lo que más merecía era su amor y compañía.

Cada vez que la veía romperse de esa manera, me dolía profundamente. Mi respuesta nunca lograba apaciguar su tristeza, y yo, en mi propia confusión, tampoco sabía cómo explicarle lo que yo misma no entendía. Sentía una impotencia enorme, queriendo llenar ese espacio en su corazón, pero sabiendo que, por mucho que yo la quisiera, no podía ocupar el lugar de quienes realmente anhelaba tener cerca.

Mi cabeza iba a mil por hora cada vez que la veía tan triste, tratando de pensar qué podía hacer para aliviar su dolor, para llenar ese vacío que la ausencia de sus padres le dejaba. Esas preguntas, que dolían tanto porque no tenían respuestas claras, me atormentaban. No podía soportar verla así, con esa tristeza tan profunda en sus ojos de niña.

Finalmente, casi sin poder permitírmelo económicamente, tomé una decisión. Sabía que no era la solución definitiva, pero al menos intentaría distraer su mente, darle algo que la mantuviera ocupada y le hiciera sonreír de nuevo. Así fue como la llevé a hacer gimnasia rítmica. Aquel invierno, con mucho esfuerzo, conseguí que, al menos por un tiempo, su pequeña cabecita dejara de preguntarse por qué sus papás no estaban.

En cada clase, la veía concentrarse en sus movimientos, en las cintas y los aros, y sentía una pequeña victoria. La veía feliz, aunque fuera por un rato, y eso me daba un poco de alivio. Quizás no podía darle todas las respuestas que necesitaba, pero podía ofrecerle momentos en los que su mundo dejaba de doler tanto.

A medida que el tiempo pasaba, sentía que el vacío que mi sobrina cargaba también empezaba a hacer mella en mi propia vida. Mi relación, que había sido tan sólida, comenzó a resentirse. El amor de mi vida, quien al principio me apoyaba en todo, poco a poco empezó a sentir el peso de una responsabilidad que no le correspondía. De vez en cuando, me pedía que lleváramos a la niña con algún otro familiar, para que pudiéramos tener nuestros momentos, solos, como pareja.

Sabía que tal vez debería haber sido más egoísta y escuchar sus peticiones, que nuestra relación también necesitaba espacio, pero mi corazón no me lo permitía. Él pasaba las semanas fuera por trabajo, y cuando regresaba, no alcanzaba a ver que mi sobrina no necesitaba más confusión, no podía pasar otro fin de semana preguntándose dónde estaría. Yo deseaba que esos fines de semana fueran para los tres, que pudiéramos ser una familia, aunque fuera solo por unos días. Pero esos momentos en los que todo parecía encajar eran cada vez más raros.

Nuestra relación comenzó a tambalearse. Yo había elegido seguir adelante, entregada al máximo, con todas las consecuencias que eso conllevaba. Mi prioridad, por encima de todo, era ella. Sentía que no podía abandonarla, que su dolor y su necesidad de estabilidad eran más importantes que cualquier otra cosa. Él, en cambio, empezó a distanciarse, a no estar dispuesto a asumir ese papel que, de alguna forma, yo esperaba que compartiera conmigo.

Es cierto que, en algunas ocasiones, tratando de complacer a mi compañero de vida, decidía hablar con mi hermana para que mi sobrina pasara el fin de semana con ella. Sabía que le vendría bien estar rodeada de sus primos, que también eran niños y con quienes se divertía, y pensaba que así todos ganaríamos un poco de respiro. Sin embargo, no era algo que podía hacer a menudo. Mi hermana también atravesaba sus propias dificultades, sobre todo económicas, y no podía permitirse tener una boca más que alimentar cada fin de semana.

Cada vez que dejaba a mi sobrina con ella, me quedaba con una sensación agridulce. Sabía que mi hermana lo hacía con todo el cariño del mundo, pero también me dolía verla luchando para hacer que el dinero alcanzara para todos, y no quería cargarla con una responsabilidad que ni siquiera yo podía manejar del todo.

Así que, aunque a veces cedía por el bien de mi relación, sabía que no era una solución sostenible. No podía simplemente delegar mi papel a otros, ni dejar a mi sobrina sintiéndose como una carga en una casa donde las dificultades ya eran más que suficientes.

Intenté, de todas las maneras posibles, mantener el equilibrio en mi relación. Trataba de encontrar momentos para nosotros, de complacer a mi pareja y cuidar lo que habíamos construido juntos. Pero, a pesar de esos intentos, mi cabeza y mi corazón tenían claro cuál era mi verdadera función. Sabía, con una certeza absoluta, que mi tiempo y mi energía debían estar dedicados, a esa niña preciosa que dependía tanto de mí.

Era como si, en el fondo, supiera que no podía fallarle. Su bienestar estaba por encima de todo, incluso de mis propias necesidades y deseos. Cada sonrisa suya, cada momento en el que lograba distraerla de su tristeza, me reafirmaba en la decisión que había tomado. Y aunque intentaba mantener a flote mi relación, mi corazón ya había elegido su camino.

Sabía que al tomar esa decisión estaba arriesgando mucho, pero no podía hacer otra cosa. Mi prioridad, en lo más profundo de mí, era ella. No podía imaginarme siendo feliz mientras ella seguía buscando respuestas y consuelo en un mundo que aún no entendía del todo. Así que, aunque dolía, elegí dedicar todo mi tiempo y mi amor a ella, a mi niña preciosa.

Se lo debía todo a ella, desde el día en que decidí ser responsable de su vida. No fue una decisión que tomé a la ligera, pero una vez que la asumí, supe que no había vuelta atrás. Desde ese momento, cada paso que daba, cada decisión que tomaba, estaba motivada por su bienestar. Me convertí en su apoyo, su guía y su refugio. Y aunque no siempre era fácil, sabía que no podía fallarle.

Sentía que mi misión, mi razón de ser, era cuidarla y protegerla, ofrecerle la estabilidad y el cariño que tanto necesitaba. Todo lo demás quedaba en un segundo plano. Mi relación, mis propios deseos, mis sueños... Todo pasó a un lugar menos importante, porque había algo más grande que yo misma: ella. Esa niña que me miraba con esos ojos que pedían tanto y que, sin darse cuenta, me daba tanto a cambio.

Hoy, la veo correr libre, con sus trenzas moviéndose al viento, y siento que todo ha valido la pena. Tal vez no fui la madre que soñé ser, pero sí soy la que ella necesitaba. Y, al final, eso es lo que realmente importa.

Criar a esa niña ha sido el reto más grande de mi vida, pero también el mayor regalo. En sus abrazos encuentro consuelo, y en su sonrisa, la certeza de que, aunque la vida pueda ser caótica, siempre podemos encontrar belleza en medio del caos.

Hoy, miro hacia atrás y casi no puedo creer lo rápido que ha pasado el tiempo. Aquella pequeña niña que un día llegó a mi vida, con los ojos llenos de incertidumbre y el corazón lleno de esperanza, ahora es toda una mujer. Y no solo eso: una mujer casada, fuerte y valiente, con dos preciosos hijos que llenan nuestro hogar de risas y travesuras.

Verla convertirse en madre ha sido uno de los mayores regalos que la vida me ha dado. Es como ver el ciclo completo: esa niña que crie con tanto amor y dedicación, ahora entrega ese mismo amor y mucho mejor a sus propios hijos. Y lo más hermoso es que, a pesar de los años y de su nueva vida, siempre me ha hecho sentir que sigo siendo un pilar importante en su vida.

Cuando sus pequeños me llaman «abuela», mi corazón se llena de una alegría indescriptible. Esas palabras, tan simples, llevan consigo todo el esfuerzo, el sacrificio y el amor de tantos años. Es como si, en cada una de ellas, estuviera escrita la historia de nuestro vínculo, de nuestras risas, nuestras lágrimas, y de todo lo que hemos superado juntas.

Cada vez que los veo correr hacia mí con los brazos extendidos, siento que la vida me ha dado el mayor premio. No hay mayor orgullo que saber que, de alguna manera, fui parte de este legado de amor y familia. Criar a la que siento mi hija fue un camino lleno de retos, pero ver en sus hijos ese reflejo de cariño y fortaleza me confirma que todo valió la pena.

Hoy, más que nunca, me siento agradecida. Mi niña es ahora una mujer hecha y derecha, y mis dos nietos son la continuación de esa historia de amor que comenzó hace tantos años. Y mientras los veo crecer, no puedo evitar sentir que, sin importar lo que depare el futuro, siempre tendré a mi lado la mayor riqueza: el amor de mi familia. Mi mayor orgullo y el premio más valioso que la vida pudo darme.

Me siento profundamente agradecida por lo bien que lo está haciendo, tanto como madre como persona. Verla criar a sus hijos con amor y sabiduría es el mayor orgullo que podría tener. Ahora miro al futuro con esperanza, sabiendo que nuestra familia, unida y fuerte, seguirá creciendo en amor. Aunque la vida nos presente desafíos, sé que juntos seguiremos adelante, construyendo nuevas historias y atesorando momentos llenos de felicidad.

Los años han pasado, y esa niña, mi princesa, ha crecido. Cada etapa de su vida me ha enseñado algo sobre el amor incondicional, la paciencia y la entrega. Desde los veranos en la playa hasta los inviernos de colegio, desde las risas en la piscina hasta las lágrimas en las noches más difíciles, cada momento ha sido un regalo que nunca dejaré de agradecer.

Hoy, cuando la veo convertirse en la maravillosa mujer que es, siento que todo valió la pena. Ella es la luz de mis ojos, la razón por la que cada sacrificio se convirtió en una victoria. Su sonrisa, ahora brillante y segura, ilumina mi vida, y me llena de orgullo saber que, de alguna manera, fui parte de su camino.

La vida que compartimos ha sido intensa, llena de desafíos, pero también de un amor profundo que nada podrá borrar. Agradezco cada instante vivido a su lado, cada abrazo, cada palabra de consuelo, cada lección. Ella ha sido mi mayor aprendizaje y el mejor regalo que me ha dado la vida.

Y aunque el tiempo siga su curso, sé que siempre estaremos unidas, porque ese lazo que construimos es irrompible. Mi princesa, hoy y siempre, será la luz que ilumina mi corazón.

Agradecimientos

Quiero dedicar un sincero agradecimiento a mi hermosa sobrina, quien ha sido la luz de mis ojos y la razón de mi fuerza. Desde el día en que asumí la responsabilidad de su cuidado, mi vida ha estado llena de amor, risas y aprendizajes invaluables.

Gracias por cada momento que hemos compartido: las compras, las risas, y las anécdotas que han hecho de nuestra relación un lazo irrompible. A través de los desafíos y las alegrías, me has enseñado lo que significa el amor incondicional y la entrega absoluta.

A mis familiares y amigos que han estado a nuestro lado, gracias por su apoyo y por ser parte de esta hermosa travesía. Y, por último, a la vida misma, que me ha regalado la oportunidad de ser parte de tu mundo.

A todos ustedes, les debo mi más profundo agradecimiento.

Sin cada uno de ustedes, esta historia no sería posible.

Referencias bibliográficas

Miller, A. (2009). *The Drama of the Gifted Child.* Basic Books.

Kohn, A. (2014). *How to Talk So Kids Will Listen & Listen So Kids Will Talk.* HarperCollins.

Bowlby, J. (1988). *A Secure Base: Parent-Child Attachment and Healthy Human Development.* Basic Books.

A todas esas personas que están luchando contra el gran problema de las drogas quiero decirles algo desde el fondo de mi corazón: abrid los ojos, no permitáis que esto os robe la vida, los sueños y todo lo que sois capaces de ser.

Sé que puede parecer difícil, sé que el camino a veces está lleno de oscuridad y que la tentación de rendirse puede sentirse abrumadora. Pero dejadme deciros algo: vosotros sois más fuertes de lo que creéis. Dentro de vosotros hay una chispa, una luz que aún puede brillar, aunque ahora sintáis que está apagada.

Pensad en todo lo que tenéis por delante, en las personas que os aman y en el potencial que lleváis dentro. No dejéis que algo tan destructivo tome el control. Es vuestra vida, vuestra historia, y todavía podéis escribir un final diferente.

Buscad ayuda. No estáis solos, aunque a veces lo parezca. Hay personas y recursos que están ahí para vosotros, esperando a daros la mano. Cada paso cuenta, por pequeño que sea.

El primer paso hacia la recuperación es abrir los ojos y reconocer que merecéis algo mejor. Porque lo merecéis. Siempre lo habéis merecido. Y todavía estáis a tiempo de elegir un camino diferente, uno lleno de esperanza, amor y nuevas oportunidades.

No dejéis que las drogas definan quiénes sois. Definíos a vosotros mismos. No permitáis que las drogas os roben vuestra vida ni la vida de vuestros hijos. Ellos os miran, os necesitan, os admiran más de lo que imagináis.

Pero lo más importante es que vosotros mismo os debéis esa oportunidad de demostraros que es posible salir adelante. Nadie dice que será fácil, pero cuando de verdad lo deseas puedes lograrlo.

Hacedlo por ellos, sí, pero sobre todo hacedlo por vosotros. Merecéis ser la mejor versión de vosotros mismos, ser un ejemplo de valentía, de fuerza y de transformación. Cada pequeño paso que toméis hacia la libertad es un acto de amor hacia vosotros y hacia quienes os rodean.

Nunca es tarde para cambiar. Nunca es tarde para luchar por vuestra vida y por un futuro mejor. Vosotros tenéis el poder de decidir, de levantaros, de escribir una nueva historia en la que las drogas no sean las protagonistas.

Recordad: el cambio empieza con vosotros. Tomad esa decisión hoy y demostrad que, con determinación y fe, sí se puede salir adelante.

La cabeza, el corazón y el alma. Tres partes de vosotros que necesitan estar alineadas para vencer cualquier batalla, incluso la más dura.

Con la cabeza, tomad conciencia de la realidad. Reconoced lo que las drogas han hecho en vuestra vida y en la de quienes amáis. Reflexionad y aceptad que no es el camino, que hay algo mejor esperándoos. Pensad en las decisiones que podéis tomar hoy para cambiar vuestro rumbo.

Con el corazón, encontrad el amor y la fuerza que os impulsan. Pensad en vuestros hijos, en vuestros seres queridos, pero sobre todo en vosotros mismos. Amaos lo suficiente como para querer salir de esa oscuridad y construir una vida mejor, llena de propósito y esperanza.

Con el alma, conectad con lo más profundo de vuestro ser. Buscad esa chispa divina, esa fuerza interior que todos tenemos y que nunca se apaga, por más que la vida nos haya golpeado. Vuestra alma sabe que merecéis ser libres, plenos y felices.

Cuando la cabeza entiende, el corazón siente y el alma guía, no hay obstáculo que no podáis superar. El cambio comienza en vosotros, y con cada paso os acercáis más a la vida que realmente merecéis.

Nunca olvidéis que tenéis personas que os quieren y creen en vosotros.

Aunque a veces la vida parezca oscura, aunque os sintáis perdidos, siempre hay quienes piensan en vosotros, quienes os valoran, os extrañan y esperan vuestro regreso. Sois importantes para ellos, hacéis falta en sus vidas más de lo que imagináis.

No importa lo que haya pasado, esas personas están dispuestas a perdonarlo todo, porque su amor por vosotros es más grande que cualquier error. Ellos ven en vosotros algo especial, algo que tal vez vosotros mismos hayáis olvidado.

Por eso, no os rindáis. Luchad, no solo por ellos, sino por vosotros mismos. Porque sois valiosos, porque merecéis la felicidad y porque aún hay un camino por recorrer, lleno de oportunidades y momentos que os están esperando.

Creed en vosotros como ellos creen. Porque sí podéis, porque sí valéis, porque sí importáis.

Una vez lo conseguís vencer, el cambio es notable en todos los aspectos. De repente, la vida empieza a tomar un nuevo brillo, los días tienen un propósito diferente y descubrís en vosotros una fuerza que quizás nunca imaginasteis tener. Logros que parecían imposibles comienzan a hacerse realidad y cada pequeño paso se convierte en un triunfo que os demuestra de lo que sois capaces.

Por eso, seguid adelante. Manteneos firmes, porque os lo merecéis, porque os lo debéis. Este es vuestro momento de demostraros que podéis ser esas personas que siempre quisisteis ser.

Cada esfuerzo cuenta, cada batalla ganada es un recordatorio de vuestro poder. Nunca subestiméis la transformación que estáis logrando, porque no solo estáis cambiando vuestra vida, sino también inspirando a quienes os rodean.

Seguid luchando. El mejor regalo que podéis daros a vosotros mismos es cumplir con esa promesa de no rendiros jamás. Quereos para querer mejor.

El amor propio es la base de todo. Cuando aprendes a valorarte, a cuidarte y a aceptarte, descubres que el amor que das a los demás es más puro, más auténtico.

No es egoísmo, es equilibrio. Solo desde un corazón lleno de amor por ti mismo puedes construir relaciones más fuertes, más sanas y más felices.

Así que empezad con vosotros. Regalaos el amor que merecéis y veréis como ese amor se multiplica en cada aspecto de vuestra vida.

Las palabras son palabras, y es cierto que decir no siempre es tan fácil como sufrir.

A veces, cuando estás en el dolor, las palabras de aliento pueden sentirse distantes, como si no alcanzaran el peso de lo que llevas dentro. Porque el sufrimiento es real, es crudo, y lo vives en carne propia, mientras que las palabras parecen volar ligeras, incapaces de cargar con todo lo que sientes.

Pero recordad esto: aunque las palabras no puedan borrar el dolor, tienen el poder de sembrar esperanza. A veces, escuchar «tú puedes», «no estás solo» o «esto también pasará» no alivia de inmediato, pero puede ser la chispa que os haga dar el siguiente paso, por pequeño que sea.

Sí, sufrir es duro y nadie puede medir cuánto duele lo que vivís. Pero no subestiméis la fuerza que puede nacer cuando las palabras y las acciones se encuentran. Decir es el inicio. Hacer, el siguiente paso. Y juntos, palabra y acción, pueden transformar hasta el dolor más profundo.

Adelante. Quedaos con la calidad y dejad a un lado la cantidad.

En un mundo donde se mide todo con números, amigos, logros, cosas materiales, recordad que lo que realmente importa no se cuenta, se siente. Las conexiones genuinas, los momentos auténticos y las decisiones con propósito valen más que cualquier cantidad acumulada.

La calidad construye una vida con significado, mientras que la cantidad muchas veces deja vacíos. Aprended a elegir lo que suma valor, lo que os nutre, lo que os llena de verdad.

Seguid caminando hacia adelante, con la certeza de que menos, cuando es mejor, siempre será más.

VUESTRO LOGRO ES LA PRUEBA VIVA DE QUE SÍ SE PUEDE.

Índice